COLLECTION FOLIO

Federico García Lorca

Aube d'été

et autres impressions et paysages

Traduit de l'espagnol
par Claude Couffon

Gallimard

Ces textes sont extraits du recueil *Impressions et paysages* (L'Imaginaire n° 665, Éditions Gallimard).

Federico García Lorca naît à Fuente Vaqueros, près de Grenade, le 5 juin 1898 ; son père s'emploie à faire fructifier ses terres, sa mère est institutrice. D'une santé fragile, le petit garçon est un enfant très protégé. La famille s'installe à Grenade en 1909. À partir de 1914, García Lorca étudie le droit par obligation, mais surtout la musique. Ses parents lui interdisant de poursuivre dans cette voie, il bifurque vers la littérature et plus particulièrement la poésie. Durant ses années d'études, García Lorca découvre l'Espagne et commence à écrire *Impressions et paysages* qu'il publie à compte d'auteur en 1918. L'année suivante, il emménage à la Résidence des Étudiants à Madrid, sorte de grand collège à l'anglaise ouvert aux idées nouvelles. Il y fait des rencontres décisives, comme celle du futur cinéaste Luis Buñuel… Il compose chansons, romances et poèmes qu'il récite en musique à ses amis. En février 1923, il fait la connaissance de Salvador Dalí avec qui il entretient une amitié amoureuse. Sa pièce *Mariana Pineda* (dont Dalí a fait les costumes et les décors) est créée en 1927 à Barcelone, puis à Madrid. Un an après, le *Premier romancero gitan* obtient un immense succès qui dépasse les frontières de l'Espagne. García Lorca donne des conférences à travers l'Europe, puis embarque pour New York et Cuba. De retour à Madrid, il se consacre, en 1932, à la création d'un théâtre du peuple, ambulant et gratuit, « La Barraca ». Il écrit *Noces de sang*, une tragédie en trois actes qui marque un tournant dans son œuvre dramatique. La pièce triomphe à Buenos Aires et le poète séjourne plusieurs mois en Amérique latine. Depuis longtemps violemment antifasciste (il a signé dès 1933 un manifeste contre l'Allemagne d'Hitler), García Lorca salue la victoire du Front populaire en 1936. En juillet, un soulèvement franquiste éclate à Grenade où il vient d'arriver. Arrêté le 16 août, il est fusillé le lendemain tout près de la Fuente Grande, que les Maures appelaient la Source aux Larmes.

Lisez ou relisez les livres de Federico García Lorca en Folio :

LA MAISON DE BERNARDA ALBA *suivi de* NOCES DE SANG (Folio n° 282)

MARIANA PINEDA – LA SAVETIÈRE PRODIGIEUSE – LES AMOURS DE DON PERLIMPLIN (Folio n° 1589)

MON VILLAGE ET AUTRES TEXTES / *MI PUEBLO Y OTROS ESCRITOS* (Folio Bilingue n° 153)

ROMANCERO GITAN (Folio 2 € n° 5061)

LA MAISON DE BERNARDA ALBA / *LA CASA DE BERNARDA ALBA* (Folio Bilingue n° 197 et Folio théâtre n° 167)

YERMA / *YERMA* (Folio Bilingue n° 202 et Folio théâtre n° 191)

NOCES DE SANG / *BODAS DE SANGRE* (Folio Bilingue n° 167 et Folio théâtre n° 178)

DOÑA ROSITA L'ESSEULÉE (Folio théâtre n° 205)

Grenade

I

AUBE D'ÉTÉ

Les montagnes lointaines surgissent avec des ondulations suaves de reptile. L'atmosphère, infiniment cristalline, enveloppe le paysage d'une mate splendeur. Dans les bas-fonds, les halliers retiennent encore un peu de nuit, tandis que la ville, nonchalamment, se dépouille de ses voiles, découvrant ses dômes et ses vieilles tours qu'éclaire une agréable lumière dorée.

Les maisons montrent parmi la verdure leurs visages aux yeux vides, et l'herbe, les coquelicots et les pampres dansent gracieusement sous la brise solaire.

Les ombres se lèvent et se dissipent avec langueur, cependant que dans l'air les oiseaux font entendre un crissement d'ocarinas et de pipeaux.

Au loin, déchirant les nappes de brume qui estompent les confins, on voit briller des peupleraies, et l'on entend de temps en temps, dans cette fraîcheur matinale, retentir un bêlement en clef de fa.

Sur la vallée du Darro, bleue et vert sombre, volent des pigeons ramiers, blancs et noirs, qui vont se poser sur les peupliers ou sur des massifs de fleurs jaunes.

Les bourdons de la ville dorment encore, et seule, dans l'Albayzin, une petite cloche tinte naïvement près d'un cyprès.

Les joncs, les roseaux et les herbes odorantes s'inclinent sur les eaux pour baiser le soleil lorsqu'il vient s'y mirer…

Celui-ci paraît, presque sans éclat… C'est le moment où les ombres s'élèvent et s'évanouissent… La ville se teint de pourpre pâle, les montagnes se changent en or massif, et les arbres prennent des tons éblouissants d'apothéoses italiennes.

Tous les bleus, jusqu'alors ternes et imprécis, se changent en luminosités splendides, et les vieilles tours de l'Alhambra deviennent de scintillantes étoiles rouges… Les maisons blessent par leur blancheur, et dans les ravins, les ombres ont fait place à des verts éclatants.

Le soleil d'Andalousie entonne alors son chant de feu que toutes les choses écoutent avec effroi.

La lumière est si merveilleuse et si rare que les oiseaux qui vont et viennent dans l'espace semblent être faits de métaux précieux, iris massifs, opales roses…

Les premières fumées de la ville s'élèvent l'une après l'autre, la couvrant d'un encens épais… Le soleil brille, et le ciel, un instant plus tôt pur et frais, devient d'une blancheur sale. Un moulin commence son assoupissante sérénade… Un coq chante pour rappeler la rouge aurore, tandis que les folles cigales de la plaine accordent leurs violons dont elles s'enivreront quand viendra l'heure de midi.

II

ALBAYZIN

À Lorenzo Martinez Fuset,
grand ami et compagnon.

Avec des échos fantastiques les maisons blanches surgissent sur la colline... En face, profilées sur le ciel, les tours dorées de l'Alhambra plongent dans un rêve oriental.

Le Darro clame sa vieille plainte en léchant des lieux pleins de légendes maures. Toute l'atmosphère vibre des rumeurs de la ville.

L'Albayzin s'entasse sur la colline, dressant ses tours pleines de grâce mudéjare... Il y a une harmonie extérieure infinie. Tout autour du coteau, la danse des maisonnettes est suave. Parfois, parmi les notes blanches et rouges des maisons, on voit les âpres taches vert sombre des figuiers d'Inde... Entourant les hauts clochers des églises, les campaniles des couvents montrent leurs cloches cloîtrées derrière des jalousies, cloches qui chantent dans les divines aubes de Grenade, pour répondre peut-être au miel profond de la Vela.

Par les journées claires et merveilleuses de cette ville glorieuse et magnifique, l'Albayzin se découpe sur l'azur unique du ciel, débordant de grâce rustique et enchanteresse.

Les rues sont étroites, dramatiques, rampes étranges et disjointes, tentacules ondulants qui se tordent capricieusement et péniblement pour conduire à de petites places d'où l'on découvre les terribles croupes neigeuses de la sierra, ou l'accord splendide et définitif de la Vega. Par endroits, ce ne sont plus que d'insolites sentiers de peur et d'intense inquiétude, avec des murs d'où sortent des manteaux de jasmins, de liserons et de rosiers de saint François. On y entend des chiens qui aboient et des voix qui appellent au loin à tout hasard, avec un accent sensuel et désenchanté. D'autres rues sont de périlleuses et sinueuses descentes, avec d'énormes blocs de pierre et des murs rongés par le temps, au pied desquels sont assises des femmes tragiques et idiotes qui vous regardent, provocantes…

Ici, seul un ouragan semble avoir disposé les maisons. Se chevauchant en des rythmes étranges, elles se soutiennent et mêlent leurs murs avec une expression originale et diabolique. Et si l'on excepte les mutilations que quelques Grenadins – vraiment indignes de ce nom – lui ont fait subir, ce quartier unique et évocateur a pleinement conservé son atmosphère originale… Qu'on déambule à travers ses ruelles, et l'on verra surgir des décors de légendes.

Des autels, des grilles, des bâtisses énormes qui semblent inhabitées, des citernes peureuses où l'eau a le mystère tragique d'un drame intime, des porches disproportionnés avec une vasque qui gémit parmi les ombres, des bas-fonds pleins de décombres sous les blocs des murailles, des rues éternellement solitaires où l'on marche longtemps sans trouver une seule porte – porte d'ailleurs fermée –, des grottes abandonnées, des coteaux rouges où vivent les poulpes pétrifiés des agavés. Et les cavernes noires des nomades orientaux.

Çà et là, les échos maures des figuiers d'Inde… C'est dans cette atmosphère de peur et de tristesse infinies que naissent les légendes de morts et de fantômes hivernaux, les légendes de démons et de croque-mitaines qui par les nuits sans lune sortent quand minuit sonne, et que voient et évoquent ensuite, effrayées et pleines de superstition, commères et prostituées. À ces carrefours vit l'Albayzin peureux et fantastique, celui des chiens qui aboient et des guitares qui sanglotent, celui des nuits obscures dans les rues aux murs blancs ; l'Albayzin tragique de la superstition, celui des sorcières tireuses de cartes et nécromanciennes, celui des rites étranges des gitans, celui des signes cabalistiques et des amulettes, celui des âmes en peine, celui des femmes enceintes ; l'Albayzin des vieilles prostituées jeteuses de sort, celui des séductrices et des malédictions sanglantes, l'Albayzin de la passion…

Mais il existe au milieu de ce primitivisme d'autres recoins où semble revivre un esprit romantique nettement grenadin. C'est l'Albayzin profondément lyrique. Des rues silencieuses et herbues, avec des maisons aux portails somptueux, des minarets blancs où brillent les mamelles vertes et grises de l'ornementation caractéristique, et des jardins admirables de couleur et de son. Des rues où vivent des gens à l'esprit conservateur qui ont des salons avec de grands fauteuils, des tableaux ternis et des urnes candides où l'on voit des Enfants Jésus parmi des couronnes, des guirlandes et des diadèmes de fleurs aux couleurs criardes, des gens qui sortent des lanternes aux formes oubliées quand passe le Viatique et qui portent des soieries et des châles hérités des ancêtres.

Des rues où il y a des couvents cloîtrés, blancs, naïfs sous leurs plats campaniles, avec des jalousies poudreuses, très hautes, qui frôlent les avant-toits ornés de pigeons et de nids d'hirondelles. Des rues à sérénades par lesquelles passent en procession les vierges candides des religieuses. Des rues qui fleurent les mélodies argentées du Darro et les romances de feuilles que chantent

les lointains bosquets de l'Alhambra… Albayzin si joliment romantique et distingué. Albayzin du petit enclos de Santa Isabel et des entrées de *carmens.* Albayzin des fontaines, des gloriettes, des cyprès, des grilles ouvragées, de la pleine lune, du vieux *romance* musical, Albayzin de la corne d'abondance, de l'orgue monacal, des patios arabes, du piano mécanique, des vastes salons humides à odeur de lavande, du châle de cachemire, de l'œillet. . . . .
. . . .

Quand on parcourt ces rues, on observe d'épouvantables contrastes de mysticisme et de luxure. Et lorsqu'on est exténué d'avoir traversé tant d'ombre et de côtes, on aperçoit les couleurs suaves et mates de la Vega, éternellement argentée, pleine de chatoiements mélancoliques… et la ville qui dort écrasée parmi la brume, d'où se détache seul l'accord doré de la cathédrale, qui montre son abside splendide et sa tour avec son ange triomphant.

Il y a une tragédie de contrastes. Dans une rue solitaire, un orgue joue avec douceur dans un couvent, accompagné par la divine salutation de l'*Ave Maria Stella* que récitent des voix suavement féminines… cependant qu'en face du couvent, un homme en blouse bleue, qui donne à manger à ses chèvres, jure d'une manière abominable. Un peu plus loin, des prostituées aux grands yeux de jais et aux cernes violets, le corps dégingandé et déformé par la luxure, profèrent d'une voix sonore des obscénités d'une vulgaire magnificence ; près d'elles, une fillette frêle, en haillons, fredonne une chanson pieuse et monacale...

Tout ici nous révèle une atmosphère d'interminable angoisse, de malédiction orientale qui dut jadis s'abattre sur ces rues.

Un air chargé de plaintes de guitares et de cris indolents de gitans.

Un chuchotement de prières et un bourdonnement de zambra frénétique.

Tout ce qui, dans la ville et dans la plaine, est majesté, tranquillité, n'est dans ce quartier maure qu'angoisse et tragédie.

Partout ce ne sont qu'évocations arabes. Des arcs noirâtres et rouillés, des maisons basses et pansues percées de fines galeries, de mystérieuses grottes de type oriental, des femmes qu'on dirait échappées d'un harem... Et puis ces regards vagues, qui semblent éternellement rêver aux choses du passé... et cette lassitude, accablante.

Si une femme appelle ses enfants ou quelque autre personne, c'est une lente plainte qu'elle murmure ; et ces bras qui pendent le long du corps, et ces têtes échevelées donnent une impression d'abandon au destin, de fatalisme véritablement musulmans. Il y a toujours dans l'air des rythmes gitans et des chansons gouailleuses ou désespérées, aux accents gutturaux. Par les trouées des ruelles, on voit les coteaux dorés avec leurs murailles arabes… et les pierres blessées laissent sourdre une eau claire qui serpente vers le bas de la rue.

Dans les cuisines, les pots d'œillets et de géraniums se mirent dans les marmites et les bassines de cuivre, et les placards, ouverts dans la terre humide, regorgent de poteries arabes de Fajalauza.

On surprend ici des relents de soleil intense, d'humidité, de cire, d'encens, de vin, de bouc, d'urine, de fumier et de chèvrefeuille. Il y a dans l'atmosphère un étrange brouhaha qu'enveloppent les carillons obscurs des cloches de la ville. Aussi une lassitude née du soleil et de l'ombre, un éternel blasphème, une oraison constante ! Des voix pures de clochettes d'églises qui, appelant les fidèles à l'autel, répondent aux guitares et aux cris joyeux des hommes en fête…

Au-dessus des maisons s'élèvent les cyprès, qui mettent une note funèbre, romantique et sentimentale… Près d'eux, les girouettes font lentement tourner leurs cœurs et leurs croix, face à la majesté splendide de la Vega.

III

CANÉPHORE DE CAUCHEMAR

... D'une porte de bois noire écaillée surgit, dans une verte puanteur d'humidité, l'épouvantable personnage, déguenillé et les yeux jaunis par la bile... Au fond se trouve un vieux patio..., un patio dans lequel des eunuques dormirent peut-être sous la clarté lunaire, un patio aux pierres festonnées de mousse, avec sur les murs des ombres arabes, et un grand réservoir, craintif et profond... Contre les balustrades vermoulues s'appuient des pots de géraniums flétris, et sur les colonnes noirâtres s'enlacent des liserons anémiques... Plus loin, un cloaque, et sur l'un des murs, un effroyable Christ en jupe de ballerine, fleuri de mauvaises fleurs artificielles... Un vertige écœurant de mouches et une multitude de guêpes qui bourdonnent, menaçantes. Dans le ciel d'un bleu intense, le soleil brûlant... C'est de là que je l'ai vue surgir.

Je ne sais si mes yeux l'ont bien regardée, parce que la hideur produit toujours en nous une confusion d'idées.

Cette horrible apparition qui sortait, chancelante, de la maison, était un répugnant mystère.

Il n'y avait personne dans la rue mélancolique et paisible dans la mort.

Sur la porte, la monstrueuse figure ne bougeait pas. Elle possédait dans son attitude la froide interrogation d'une frise égyptienne.

Elle avait un ventre énorme de femme éternellement enceinte, et ses bras ballants s'achevaient par des mains visqueuses, d'une extraordinaire laideur. Elle portait sur la hanche une cruche égueulée, et des cheveux blancs épais entouraient ce visage qui n'avait pour tout nez qu'un trou. Sur ses pommettes, un ulcère jaunâtre étalait sa sanie fétide, baignée de larmes par un œil hideux, que l'atroce personnage essuyait de sa grosse main… Elle sortait d'une terrible maison de vices et de luxure raffinée.

Ses vêtements révélaient l'impudeur et l'avilissement nés de la dégénérescence asexuelle. Ce pouvait être un animal rare ou quelque hermaphrodite satanique. Une chair sans âme ou une méduse dantesque. Un songe de Goya ou une vision de saint Jean. Une maîtresse selon Valdès Léal ou un martyr à la Jan Weenix… C'était une chair verdâtre, cadavérique. Elle toussait sans cesse… et l'on croyait respirer du soufre… sous le poids des esprits du mal… L'inquiétante figure se mit à marcher.

Elle portait des pantoufles mal enfoncées qui

battaient un rythme lugubre, des colliers de corail crasseux, et, à son cou, pendait une petite bourse qui devait être une amulette infernale.

Dans la maison on entendait des rires, et une voix d'ivrogne qui chantait des obscénités, accompagnée de battements de mains sensuels et de *¡ay!* douloureux.

Le monstre s'avançait tel un lézard dressé sur ses pattes, avec une grimace dure dont on ne pouvait dire si elle était rire ou douleur de vivre… De nouveau la toux retentit, tel l'aboiement d'un chien dans un souterrain, et la femme continua sa marche, laissant derrière elle une puanteur de lavande pourrie et de tabac.

Cette brute enjuponnée et aux seins flasques est une créature de malheur… C'est elle qui lance dans les maisons ses éternelles malédictions et qui remplit d'effroi les braves commères. Elle qui, si elle le pouvait, nous étreindrait tous dans le seul but de nous communiquer son mal. Elle est l'eunuque d'un harem de pourriture. Belle, elle serait Lucrèce ; hideuse, elle est le Diable. Lui permettrait-on de prendre un amant, elle aimerait Neptune, ou Attila… et si elle pouvait réaliser ses malédictions, elle serait comme Hattus, le féroce évêque d'Andernach. . . . . . .

. . . .

Ces femmes, monstres de cauchemar, se promènent parfois dans l'Albayzin. Ce sont elles, les sorcières qui prennent dans leurs trames cabalistiques les filles chaudes aux grands yeux noirs. Elles qui préparent les philtres faits de vipères, de cannelle et de squelettes d'enfants broyés les nuits de pleine lune. Elles, qui conservent dans des aiguilliers les esprits du bien et du mal… et c'est à cause d'elles que les mères ignorantes et superstitieuses pendent au cou de leurs enfants de petites cornes dorées et des images bénites pour les protéger du mauvais sort. . . . .

Mais ce monstre de cauchemar… Quelle expression glaciale et effrayante quand il traverse la rue baignée de soleil et d'odeur de roses ! Hétaïre d'insomnie… Avec sa cruche sur la hanche et ses mains pendantes, à travers les rues de l'Albayzin. . . . .
. . . .

IV

SONS

À Maria Luisa Egea, ravissante et géniale…
Avec tout mon dévouement.

Du haut des tours de l'Alhambra on voit l'Albayzin avec ses patios et ses vieilles galeries parmi lesquelles des nonnes déambulent. Sur les murs blancs des cloîtres se trouvent les chemins de croix. Près des jalousies romantiques des campaniles, les cyprès bercent avec langueur leur masse odorante et funéraire… Les patios sont rêveurs, ombreux…

Au milieu du grand accord massif des maisons les couvents glissent leur note de tristesse.

Vu de cette forteresse, de ce palais de minuit, l'Albayzin prend une fascinante allure de mystère… Mais le panorama, quoique splendide et rare, et incomparablement romantique, n'est pas ce qui fascine. Ce qui fascine, c'est le son. On pourrait dire qu'ici toutes les choses ont un son : la lumière, la couleur, les formes…

Dans ces lieux de sonorité intense que sont les sierras, les bois et les plaines, la gamme musicale du paysage a presque toujours le même accord qui domine toutes les autres modulations. Au pied de la sierra Nevada, il y a de magnifiques recoins où le son se fait entendre délicieusement… Un son au parfum agreste, suavement acéré, qui jaillit des versants massifs.

Dans les bois de pins eux-mêmes, qui exhalent une senteur divine, on entend la douce rumeur de la pinède qui est une mélodie de velours en dépit du vent violent, une mélodie aux modulations sereines, chaudes, et constantes… mais toujours dans la même tessiture.

Quelle différence offrent Grenade et sa Vega, écoutées de l'Alhambra ! Ici, chaque heure du jour possède un son distinct. Ce sont des symphonies très tendres que l'on entend… Et contrairement aux autres paysages sonores, le paysage de cette ville romantique module sans arrêt.

Il y a des tons mineurs et des tons majeurs. Il y a des mélodies passionnées et des accords d'une froide solennité… Le son est fonction de la couleur ; c'est pourquoi l'on peut affirmer que la couleur chante.

Le bruit du Darro est l'harmonie du paysage. Il est une flûte aux immenses accords dont jouerait l'atmosphère. Le vent descend, infiniment monotone, avec sa charge de parfums agrestes, et il pénètre dans la gorge de la rivière qui lui donne ce son qu'il transporte ensuite à travers les ruelles de l'Albayzin, en sa course rapide, s'accompagnant de notes graves et aiguës... Puis il couvre la plaine, et tandis qu'il se heurte à ses sons admirables, aux nuages et aux montagnes lointaines, il forme cet accord d'argent majeur, pareil à une berceuse interminable qui nous endort voluptueusement... Les matins de soleil, la gorge du Darro retentit d'une joyeuse musique romantique. Et l'on pourrait dire que le paysage chante en ton majeur... Il y a mille voix de cloches qui sonnent d'une manière très distincte.

Parfois, les cloches de la cathédrale bourdonnent sur un ton majeur, emplissant l'espace d'ondes musicales... Puis elles se taisent... et plusieurs clochers de l'Albayzin leur répondent alors en un magnifique contrepoint. Quelques cloches volent comme des folles en déversant une passion de bronze, avant d'aller parfois se fondre avec le son du vent telle une puissante éructation... D'autres lancent, viriles, leurs sons jusqu'aux confins... tandis que l'une d'elles, plus paisible et pleine d'onction sacerdotale, sonne dévotement l'office, d'un air désabusé, avec la philosophie de la résignation... Les autres cloches qui volaient délirantes de joie et de passion se taisent aussitôt... mais la cloche paisible continue de sonner sur un ton de reproche... Elle est la doyenne, la cloche qui prie... et elle gronde ses sœurs plus jeunes pour leurs désirs qui ne deviendront jamais réalité... Il est certain que ces cloches, qui avaient sonné comme des folles au point de mourir d'enthousiasme, avaient été entraînées par quelques enfants de chœur turbulents... ou peut-être par des novices espiègles et craintives qui, dans leur couvent, avaient envie de rire et de chanter... Et il est presque certain aussi que cette cloche qui sonne l'office avec reproche est tirée par quelque sacristain éclaboussé de cire... ou par quelque nonne que la mort a oubliée, et qui, dans sa retraite, attend d'être blessée par la grande faucheuse... Il y a des silences magnifiques durant lesquels monte la voix du paysage... Puis les cloches de la cathédrale bourdonnent de nouveau, et les autres cloches glosent ce qu'a dit leur reine... Enfin, terminant cette symphonie, une ritournelle de sonnailles s'élève, aiguë, gracieuse, enfantine, qui s'éteint lentement, en un morendo délicat, comme si elle refusait de s'achever... pour finalement mourir sur une note effleurée, à peine perceptible. Elles sont magnifiques, merveilleuses, splendides et multiples, les symphonies des cloches de Grenade !

La nuit, surprise de cette tour, prend grâce aux sons une magique magnificence. Si la lune paraît, c'est une sorte de vertige plein d'une profonde sensualité qui gagne les accords. S'il n'y a pas de lune... c'est une mélodie fantastique et unique que chante la rivière... Mais la modulation véritablement originale et sensible durant laquelle la couleur révèle les expressions musicales les plus rares et les plus nuancées est dans le crépuscule... Depuis quelques heures déjà, l'atmosphère s'est préparée. Les ombres, lentement, ont recouvert le brasier de l'Alhambra... La plaine est uniforme et silencieuse. Le soleil se cache, et de la colline naissent des cascades infinies de couleurs musicales qui se précipitent à pas de velours sur la ville et sur la sierra... pour s'unir enfin aux ondes sonores... Tout parle de mélodie, de lointaine tristesse, de sanglots.

Une peine douloureuse et irrémédiable glisse sur l'Albayzin et sur les pentes splendides, rouges et vertes, de l'Alhambra et du Généralife... et la couleur change sans cesse, et le son avec elle... Il y a des sons roses, des sons rouges, des sons jaunes et des sons insolites de couleur et de son... Puis c'est un grand accord bleu comme un prélude à cette nocturne symphonie des cloches. Mais comme cette symphonie est différente de celle du matin ! Sa passion est d'une tristesse inconsolable... Presque toutes les cloches sonnent le rosaire d'un air las... La rivière chante avec force. Les lumières clignotantes de l'Albayzin font danser leurs lueurs dorées sur les masses noires des cyprès... La Vela jette dans le vent son historique cantilène... Dans les clochers brillent les petites lampes craintives des sonneurs. . . . .

Un train siffle dans le lointain.

V

COUCHERS DE SOLEIL

I

ÉTÉ

Lorsque le soleil disparaît derrière les sierras brumeuses et roses, et qu'il n'y a plus dans toute l'atmosphère qu'une immense symphonie pleine d'un religieux recueillement, Grenade se baigne d'or et de tulles roses et violets.

La plaine dont les blés s'étiolent plonge dans un sopor jaunâtre et argenté, tandis qu'à l'horizon les cieux élèvent leurs brasiers de pourpre ardent et d'ocre doux.

Au-dessus de la terre s'étirent des brumes indécises comme un vent saturé de fumée, ou épaisses comme d'énormes griffes d'argent massif. Les villages apparaissent enveloppés de chaleur et de poussière de paille, et la ville se noie parmi des accords de verdure luxurieuse et de fumées sales.

La sierra, violette et bleu vif sur ses flancs, est, sur ses cimes, d'une blancheur rosée. Quelques coulées de neige, courageusement, résistent encore au feu solaire.

Les rivières coulent presque à sec, et l'eau des *acéquias* glisse si lentement qu'elle semble traîner une âme immensément romantique, lassée par le douloureux plaisir de l'après-midi.

Dans le ciel de la sierra, un timide ciel bleu, la lune se montre, caressante et hiératique.

Parmi les arbres et les vignes s'attarde une étrange splendeur solaire… mais insensiblement les montagnes bleues, gris cendre, et vertes sur fond rose se glacent, et tout se pare lentement de l'hypnotique couleur de la lune.

Quand il n'y a plus qu'un très faible jour, la ville prend une coloration noire et se dessine sur un même plan, les grenouilles commencent leurs mystérieux points d'orgue, et tous les arbres ont des allures de cyprès… Puis la lune, qui effleure amoureusement toutes les choses, couvre de sa douceur les dentelles des branches, change l'eau en lumière, efface la laideur, augmente les distances et transforme en océan le fond de la plaine… Une étoile naît, d'une tendresse infinie, le vent s'engouffre dans les arbres, et l'éternelle chanson de l'eau s'élève, assoupissante.

Sous la clarté lunaire, la nuit découvre tous ses charmes, et sur le lac brumeux et bleu de la Vega les chiens aboient dans les jardins…

II

HIVER

La plaine s'étale, uniforme, et ces tristes journées d'hiver la changent en campagne de rêve.

Les lointains voilés de brume ont une couleur de plomb et de violette, et les peupliers, maintenant dépouillés, tendent leurs grandes lignes noires. Le ciel est blanc et suave avec de légères touches noires, et la lumière bleutée, imprécise, infiniment délicate. Les hameaux brillent et s'évanouissent parmi de vagues nuages de fumée. Le son est étouffé, un son feutré de neige.

Les premiers plans du paysage accusent leur relief : oliviers innombrables vert et argent, grands peupliers languides et tristes, et cyprès noirs qui dodelinent avec douceur. Hors de la ville, on voit quelques pins aux têtes inclinées.

Toutes les couleurs sont mornes et graves. De près, vert-noir et rouge clair prédominent… mais à mesure que les couleurs s'enfoncent dans la plaine, elles s'estompent et disparaissent sous la brume pour n'être plus, à l'horizon, qu'indéfinies et somnolentes. Les rivières ressemblent à d'énormes brèches ouvertes dans la terre afin de laisser voir le ciel qui est au-dessous d'elle.

Le soleil, avant de disparaître, s'est montré parmi les nuages… et la plaine est apparue comme une immense fleur qui aurait ouvert soudain sa vaste corolle, découvrant toute la merveille de ses couleurs. Une terrible secousse a parcouru le paysage, faisant palpiter la plaine magnifiquement. Toutes les choses ont bougé, et quelques couleurs se sont déployées, ardentes, éclatantes.

Sur une montagne toute proche, il y a des déchirures d'un lapis-lazuli intense... À travers la gaze de la brume la neige de la sierra se laisse deviner. . . . .

. . . .

Les nuages se chevauchent et expirent furieux et tout noirs... et la pluie s'abat, torrentielle et sonore. Dans la ville retentit alors un son métallique aux modulations sèches, que produit l'eau qui fouette les gouttières et les conduits de laiton... Dans la plaine, c'est un bruit mou d'eau qui tombe sur l'eau et sur l'herbe... Mais la pluie qui, sur les flaques, a des accords sonores et très suaves, n'émet sur l'herbe que des sons défaillants.

Au loin, le tonnerre, sourd encore, roule comme une timbale monstrueuse. . . . .

Les villages timides sont transis de froid... De grandes taches d'argent tapissent les chemins... La pluie redouble menaçante... L'ombre succède à la lumière et tout devient plus imprécis. . . . .

L'obscurité et le sommeil s'étendent sur la plaine. . . . .

Une fascinante ligne de lumière blanche triomphe à l'horizon... Cependant qu'un manteau de velours noir aux broderies grenat recouvre cet ensemble. . . . .

. . . .

Jardins

À Paquito Soriano,
esprit exotique et admirable.

Les souvenirs que laissent les jardins sont infiniment vagues… Lorsque nous traversons leurs recoins ombreux, nous nous sentons gagnés par la mélancolie… Toutes les mélancolies ont une essence de jardin… À l'heure du crépuscule, des frissons aux tons ténus, qui ont toute la gamme de la couleur triste, parcourent le jardin… Dans les aubes obscures, tout l'esprit de la femme qui nous obsède revit parmi le lierre… Et dans le cadre de cette fontaine d'argent liquide et de ces feuilles éternellement inquiètes, notre imagination place les visions spirituelles de notre monde intérieur que fait surgir la magique suggestion de l'atmosphère. Il semble que les jardins aient été créés pour servir de reliquaire à toutes les scènes romantiques de la terre. Un jardin, c'est une chose supérieure, c'est une mosaïque d'âmes, de silences et de couleurs, qui guettent les cœurs mystiques pour les faire pleurer. Un jardin, c'est une coupe immense aux mille essences religieuses. Un jardin, c'est quelque chose qui vous étreint avec amour, c'est une paisible amphore de mélancolies. Un jardin, c'est un tabernacle de passions, c'est une grandiose cathédrale pour de très beaux péchés. Dans les jardins se cachent la mansuétude, l'amour, et cette sorte de vague à l'âme que donne l'oisiveté. . . . .

Quand ils se recouvrent d'humides tapis de mousse et que dans leurs allées nulle ombre vivante ne se promène plus, les jardins n'abritent plus que les savants serpents danseurs de ballets orientaux, qui s'avancent voluptueusement à travers les massifs abandonnés. Lorsque l'automne s'étend sur eux, ils exhalent un sanglot immense et inconnu!... Ô jardins de phtisiques qui se mouraient d'un nébuleux délaissement, dans les poèmes des vieux poètes oubliés!... Les autres jardins, ceux de l'amour galant, pleins de statues morbides, d'écumes, de cygnes, de fleurs bleues, de luxures secrètes, de bassins avec des lotus roses et verts, de cigognes paresseuses et de visions de nus, renferment toute une vie de passion et d'abandon au destin... Ce sont les jardins de l'oubli, des jardins pour les âmes sensuelles!... Et ceux qui sont comme un immense bloc vert avec de mystérieux recoins noirâtres où les araignées ont tendu leurs palais d'illusion... et qui possèdent une vasque brisée qui saigne goutte à goutte par la soie pourrie de ses algues... sont des jardins pour idylles entre nonne cloîtrée et étudiant ou maquignon de passage ! Des jardins faits pour réveiller le douloureux souvenir d'un amour évanoui !

Toutes les figures spirituelles qui passent dans le jardin solitaire le font solennellement, comme si elles célébraient inconsciemment quelque rite divin... et si c'est au crépuscule, ou sous la lune, elles se fondent à son âme. Les grandes méditations, celles qui engendrèrent le bien et la vérité, ont eu leur source dans le jardin. Les grandes figures romantiques étaient jardin... La musique est un jardin sous la pleine lune. Les vies spirituelles sont des effluves de jardin. Le rêve ! Qu'est-il, sinon notre jardin ? . . . .

Dans cette vie que nous traînons, vie d'affairement et de préoccupations insensées, rares sont ceux qui s'affligent et s'attendrissent devant un jardin... Et ces quelques hommes qui semblaient nés pour comprendre le jardin se trouvent emportés par l'ouragan de la multitude. Les romantiques disparaissent, qui soupiraient après l'élégance infinie des cygnes... Au crépuscule, les jardins restent solitaires. Le suaire gris et rose du soir les recouvre, et c'est à peine si quelqu'un écoute leur chanson.

I

JARDIN DE COUVENT

Il est muet, silencieux. Toutes ses couleurs sont timides et chastes. Parmi les broussailles sauvages naissent des petites marguerites et des fleurs sylvestres… Dans les sentiers, que personne n'a traversés depuis longtemps, les araignées ont tendu leurs fils argentés… Parfois le sol ondule, couvert de taches vertes, de mousses, de flaques d'eau, ainsi que le dos d'un reptile géant… La fontaine est brisée, tarie. Dans un coin, parmi des herbes sombres et des tournesols fanés, une eau lente jaillit et glisse entre les touffes avant d'aller se perdre au pied des arbres. Ce jardin reflète la grande tristesse du couvent.

Sous les galeries basses et pauvres passent des religieuses en mantes grises… Il n'y a qu'un rosier dans tout l'enclos, un rosier que soigne une novice qui n'a pas eu le temps encore de languir… Il est dans un recoin du cloître, près d'un laurier. Ses roses, au mois de mai, servent à fleurir la vierge ingénue.

Il fait si froid dans le jardin que tout s'y recroqueville…

Sa tranquillité est belle et éternelle, bercée par les prières nasillardes et flûtées et par le son de l'orgue merveilleux… Le couvent n'a pas de cloches… Dans ce jardin, c'est toujours l'automne. Les joies vibrantes du printemps et l'éclatante magnificence de l'été n'y arrivent jamais.

L'ombre épaisse qui l'anime et le ciel de pierre qui l'écrase font que ce jardin plonge éternellement dans la tristesse amère de l'automne. S'il se pare de quelque couleur, c'est d'un vert pâle et rachitique ; s'il possède quelques fleurs, elles sont jaunes ou bleutées… Le cloître n'a pas de fenêtres… Le jardin assiste à toutes les processions des religieuses. Il n'y a pas non plus de cyprès. Les branches du laurier pénètrent en mille contorsions par une fenêtre. Dans l'herbe, près de la source, pourrit la candide statue d'un saint Père de l'Église, que les religieuses ont abattue, la jugeant inutile. Dominant le jardin, se dresse la monstrueuse tour de la cathédrale, qui veille sur le couvent et le contemple. Des liserons touffus brodent capricieusement les murs du patio… Dans cette froide nudité du cloître passe une religieuse qui agite une cloche. . . . .

II

JARDINS DES ÉGLISES EN RUINE

À la sortie des sacristies humides, où il y a des autels délabrés, des commodes noires et des miroirs ternis, se trouvent ces jardins humbles et désolés.

Presque toujours ce sont d'anciens cimetières que l'herbe a recouverts et dans lesquels une servante de curé a planté des rosiers et des convolvulus. L'eau y stagne malgré le soleil, et les reptiles s'abritent dans leurs recoins. Par une croisée béante de l'église arrive une religieuse vapeur d'encens. Ils n'ont personne qui les soigne, mais de toute manière, la vieille malédiction les couvrirait d'orties, de ciguë, de champignons, et d'autres plantes vénéneuses... Tous sont très vastes avec des murs de pierre noirâtres sur lesquels grimpent des rosiers Thé, des chèvrefeuilles et des lierres... Ils ont pour bancs des chapiteaux à demi enterrés et pour ombrages des arcs tapissés d'épis et de coquelicots.

Une fontaine brisée, qui disparaît en grande

partie parmi les herbes, chante de temps en temps, quand l'eau regorge dans la ville. Ils sont pleins de figuiers, de camomille, de fenouil et de belles-de-nuit.

Quelques-uns possèdent des pierres funéraires aux noms illisibles, entassées dans des recoins d'une particulière puanteur ; d'autres ont des pigeons qu'élèvent les enfants du sacristain, et des chiens enchaînés qui vous regardent pleins de menaces ; la plupart sont parsemés de flaques d'eau et ont leurs murs couverts de guirlandes de gueules-de-lion.

Dans les lauriers, il y a des fils d'argent à peine perceptibles, des ruissellements d'eau incrustée… tandis qu'à l'écart des allées, on aperçoit des rosiers blancs presque roussis.

Dans ces lieux de désolation, il y a habituellement parmi les trames vertes des liserons de vieilles portes, aujourd'hui murées, dont les niches disjointes abritent des saints vermoulus qui portent des suaires de mousse, des panaches d'herbe, et qui vous bénissent, rigides, de leur main crispée.

Quelques-uns de ces jardins ont perdu leur austérité en abandonnant leurs murs aux vrilles des convolvulus… mais dans les autres jardins, ceux qui sont complètement nus… on voit se dessiner sur les murs l'arcature des niches, tandis que sur l'herbe du sol se renverse avec langueur une croix de fer rouillée par les ans.

D'autres encore, ceux des églises des faubourgs, s'ouvrent sur les campagnes toutes vibrantes de couleur... Beaucoup montrent leurs lierres et leurs rosiers qui s'élancent anxieusement au-dessus des murs pour retomber ensuite avec douceur... Et les jusquiames, les rues, les pavots, les lis, les épis du diable s'enlacent parmi les pierres...

Parfois la terre élève sa nudité fleurie pour soutenir une pierre aux dessins étranges, vestige peut-être d'une frise disparue, qui s'effrite paisiblement sous le soleil... Et tous, ils sont ainsi... Comme ils sont rares, les jardins des églises en ruine ornés de roses fraîches et luxuriantes, ou de fontaines pures avec des poissons rouges !

III

JARDIN ROMANTIQUE

Les jardins à l'espagnole disparaissent peu à peu devant le parc anglais, symétrique, bien taillé… Ce n'est que de temps en temps, au hasard d'une promenade par un chemin désert et qui conduit à de modestes sites, que nous rencontrons l'un de ces jardins solitaires et ombreux.

Tout l'esprit romantique et galant du XVIIIe siècle s'abrite encore dans les allées. Le jardin aime la pâle châtelaine et le chevalier poète. Jardins qui sont les crépuscules de cette époque sentimentale et dramatique. Nébuleux jardins qui font tellement souffrir notre grand poète de la brume : Juan Ramón Jiménez. . . . .

. . . .

Le jardin est solitaire. Parmi les vagues vertes des myrtes sauvages, les alcées roses et blanches dressent leurs fines branches en fleurs. Au centre du jardin s'élève la verte coupole d'une gloriette que couronne un rosier Thé. À l'intérieur, une table de pierre noire apparaît jonchée de feuilles mortes. Les bancs sont enfoncés dans le sol humide, et des lierres, en cascade, cherchent à les recouvrir… Plus loin, sur son socle disjoint, un Cupidon informe décoche éternellement sa flèche fatale à laquelle s'accrochent des convolvulus et des toiles d'araignées… Aux angles du jardin se trouvent les fontaines. Elles sont petites et coquettes, avec leurs vasques d'un vert sombre, sur lesquelles les algues flottent lentement comme des chevelures de Méduses noyées dans l'eau croupie… Mais elles demeurent à peine perceptibles tellement les myrtes ont pris des allures indomptées… L'eau, dans le jardin, reste silencieuse… C'est seulement la nuit que l'on entend chanter au loin l'eau des rigoles dans les campagnes. Il n'y a pas non plus d'oiseaux dans le jardin ; si l'on excepte un hibou légendaire qui, sur un citronnier, tapi parmi les ombres, se gausse lorsque la lune oublie de paraître.

Dans un coin, près d'une fontaine, un Apollon qui s'effrite se cache, transi de froid, parmi les rosiers…

Il y a un véritable bois de cyprès, qui de loin ressemble à un vieux cimetière… Parmi les massifs et les buissons de genêts, dans les allées courtes et tristes, ces cyprès élèvent leurs silhouettes tragiques et mélodieuses… Le jardin a perdu son rossignol et sa légende lyrique. Il fait si froid ici, et l'atmosphère est d'une telle tristesse !… Il y a aussi la maison, car le jardin possède, sur le côté, son pavillon. Mais quelle désolation dans cette façade sans vitres aux balcons, ces vitres que le poète aime tellement chanter au crépuscule, quand elles sont des miroirs roses ou écarlates !… Quelle amertume dans cet édifice inhabité avec, sur le toit, un jardin étrange !…

À l'un des angles de la maison se trouve le balcon traditionnel, le balcon fermé depuis des années et que pleurent encore les vieux poètes surannés… On n'entend plus le clavecin. Et c'est une autre lune qui éclaire le jardin.

Le poète note un profond bouleversement intérieur. Il n'y a nulles mains blanches sur le clavier, nulle colombe pour se poser sur les épaules de l'*éternelle aimée*, nulle échelle qui pende du balcon et, dans le jardin, nul amoureux orage…

Le poète caresse sa tête de ses mains et s'aperçoit qu'il a perdu ses longs cheveux, il étend tristement les bras et observe qu'il porte des manchettes rigides.

L'enchantement du jardin s'efface. Les eucalyptus croulent de vieillesse et les divins saules pleureurs ont maintenant tari toutes leurs larmes… Seuls les cyprès, ces romantiques obstinés, gardent encore intacte leur pureté dans le jardin. Dans les murs s'ouvrent de grandes grilles à lettrines qui donnent sur la route. Les fleurs sylvestres s'enlacent parmi les fleurons élégants et aristocratiques.

Bientôt, il ne restera plus aucune trace du jardin. Ne faut-il pas effacer ce qui fut l'œuvre des autres siècles ?... Hélas !... Mais la fête galante s'est achevée. Les froids carrosses de la mort ont emporté gentilshommes et dames de l'ancien temps dans l'autre monde... On a comblé l'étang et ses cygnes ont été mangés rôtis par quelques descendants de ces familles merveilleuses un jour où la faim se fit trop sentir. Aujourd'hui, ce sont d'autres cygnes... La barque d'argent qui sillonnait le lac fantastique s'est engloutie emportant à son bord sa blanche fête de galants timides. Les bergers se sont métamorphosés en bêtes sauvages. La marquise Eulalie a senti se glacer son rire. Irrémédiablement ! Ce sont les nymphes qui les premières ont disparu. Puis est venu le tour des marquises et des abbés, et maintenant, ce sera peut-être celui des poètes. . . . .

Les colonnades se sont écroulées comme s'écroulent en ce moment les gloriettes et les statues près des rosiers... Et l'histoire de la jeune fille enlevée, qui finit par se faire clarisse, s'est à jamais perdue. . . . .

. . . .

. . . .

Dans une allée où traînent quelques outils de jardinage, de ravissants bambins en guenilles s'amusent à mettre en pièces un énorme livre sur lequel sont peints des gentilshommes et des dames du XVIIIe siècle... On dirait une parodie du martyre de saint Barthélemy... Un peu plus loin, la mère, exténuée, les traits tirés par la faim, raccommode, assise au soleil. Tout le jardin n'est que silence.

Par la porte principale deux jeunes gens sont entrés. L'un d'eux n'a pu contenir son enthousiasme. Que tout cela était donc beau !... Il allait s'asseoir ici pour rêver un moment !... Mais son compagnon, qui tenait à la main un odieux livre de statistique, s'est aussitôt écrié, étonné : « Allons, ne sois pas stupide !... Ne comprends-tu pas qu'il n'y a ici aucune hygiène ?... Allons-nous-en !... » Et ils sont repartis... Il faut se résigner : la fête a déjà passé par ici et ne reviendra plus... Le madrigal est mort tandis que naissait le chemin de fer. Les soupirs amoureux pour quelque strophe ardente, les boutons ornés de galants devis, les luths et leurs sérénades s'en sont allés avec leur siècle... Et les soieries et les dentelles, les camées et les vases rares ont disparu à tout jamais. Seul survivant de cette époque, il ne nous reste plus que le jardin... qui est comme le cimetière de tout cela... Un cimetière sur lequel veillent des cyprès... avec des fontaines qui conservent encore de l'eau de l'époque, des statues qui s'effritent peu à peu afin de n'avoir plus à nous contempler... et des maisons qui gardent leurs balcons fermés. . . . .

Un autre romantique est passé près de la fenêtre, et il est resté muet d'admiration. Il a

baissé à demi les paupières comme s'il rêvait à ce jardin... mais bientôt il est reparti. Il devait se rendre au bureau... Les enfants, dans l'allée, continuaient leur œuvre destructrice... et leur mère chantait avec complaisance. . . . .
. . . .

« Il est à vous, ce jardin ?

— Non, Monsieur, m'ont-ils répondu, il est à Mme de ***... mais comme elle est très bonne, elle nous l'a donné pour que nous en fassions un potager.

— Quelle infamie ! Pauvre jardin ! me suis-je écrié...

— Comme on voit bien, m'a dit la mère, que vous mangez toujours à votre faim. Si vous saviez le peu que nous gagnons !... En transformant ce jardin en potager, nous vendrons des laitues et des choux à la ville, et mes enfants pourront manger un peu plus... » Les enfants, squelettiques, poursuivaient leur tâche... Leur mère soupira : « Ah ! comme je voudrais que l'on perde enfin l'habitude de manger !... »

« Savez-vous, ai-je dit, que ce jardin est très bien ainsi, complètement disparu... » . . . .
. . . .

... Irrémédiablement, la fête s'est achevée... Verlaine pleure et Édouard Dubus joue de son violon noir... Bientôt, la charrue passera sur les merveilles ombreuses du jardin... Irrémédiablement !

IV

JARDIN MORT

Le matin tombe, pluvieux, sur le jardin… À l'extrémité d'une côte bourbeuse et près d'une croix toute verte et noire d'humidité, se trouve la porte de bois vermoulu par laquelle on pénètre dans l'enclos abandonné. Un peu plus loin, on voit un pont de pierre grise et, dans la brume du lointain, une montagne couronnée de neige. Au fond de la vallée, la rivière paisible coule parmi les rochers en fredonnant sa vieille cantilène.

Dans une sombre masure voisine de l'entrée, deux vieillards, aux capes en lambeaux, se chauffent à quelques braises mal enflammées… L'enclos est lugubre et angoissant. La pluie accentue encore cette impression. Il faut prendre garde de ne pas glisser. À terre, gisent de grands troncs d'arbres morts… Les hauts murs jaunâtres sont sillonnés d'énormes crevasses par lesquelles surgissent des lézards, dont les corps dessinent au passage d'indéchiffrables arabesques. Au fond, se trouvent les vestiges d'un cloître, avec des lierres et des fleurs séchées, et des colonnes inclinées. Dans le creux des pierres qui ont roulé à terre, des fleurs jaunes s'émaillent de gouttelettes de pluie ; sur le sol, des flaques d'eau brillent parmi les herbes. . . . .

À l'endroit où s'élevèrent autrefois des cloîtres splendides, qui virent passer des processions avec des ostensoirs d'or, dans un cadre grandiose de tapis, il ne reste plus maintenant que des murs très hauts…

Sur la fontaine une colonne s'est écroulée, et pour célébrer ces noces de pierre, la mousse amoureuse a refermé ses fins manteaux. Par les fissures d'un chapiteau gisant se montrent des herbes courtes, lumineusement vertes.

Les plantes s'enlacent, le lierre tapisse les vieilles colonnes qui se dressent encore, l'eau qui déborde de la fontaine lèche les dalles qui l'entourent avant d'aller se livrer à la terre qui ne la boit qu'avec dégoût… Le reste de la source se perd par un trou noir qui l'absorbe gloutonnement.

Il y a des toiles d'araignées pareilles à des rideaux épais, et des fougères qui couvrent les bancs de pierre… On entend un éternel clapotis… c'est l'eau qui pleure les tristesses du jardin mort. Rien de nouveau dans cet enclos… l'eau elle-même… l'eau qui pénètre dans la terre ressort ensuite par le mascaron de la fontaine.

On ne peut avancer parce que les plantes

grimpantes s'enroulent à nos pieds... comme si le génie secret du jardin désirait retenir un peu de vie parmi tant de mort et de désolation... Derrière les ruines du cloître s'élève un panthéon. Les tombeaux en ont disparu... seules, parmi la pénombre et les toiles d'araignées, quelques lettres confuses composent encore une inscription latine... dont on ne distingue plus que deux mots : *Requiescit... Mortuos...*

La pluie redouble de violence et roule sur le jardin avec un bruit sourd, monotone... Entre les hautes feuilles, qui frémissent agréablement, un lézard énorme risque sa tête plate, avant de courir se cacher parmi des pierres. Un instant, il laisse traîner sa queue, puis disparaît complètement... Les herbes, que le poids du lézard a inclinées, se relèvent paresseusement... Toutes les fleurs jaunes frissonnent sous le vent, chassant les gouttes d'eau qui demeuraient encore sur leurs pétales... Il y a des escargots collés aux murs... Le temps s'est montré sans pitié pour ce jardin ; il a séché ses rosiers et ses cinnamomes, faisant naître à leur place des plantes vénéneuses et malodorantes...

La pluie ne cesse de tomber.

V

JARDINS DES GARES

Ils sont modestes et originaux. Ils ont des acacias et sont entourés de palissades noires… Ils veulent être de doux lieux de repos et de tranquillité… mais combien de regards inquiets et nerveux se sont posés sur eux !… Un jardin a toujours été un coin de sereine mélancolie. L'éternel silence des jardins que chantent les poètes… Mais un jardin de gare est comme un été d'inquiétude. Ils passent très rapidement devant nos yeux et c'est à peine si nous les regardons… Quand nous voyageons, notre imagination demeure fixée sur un lieu très lointain, et ils ne retiennent pas notre attention. Toutes leurs plantes sont flétries. Des massifs, bordés de buis, sortent des liserons dont les clochettes grimpent le long du mur… Le vert du jardin a pris une nette coloration noirâtre… La fumée a donné ses tonalités sombres aux ramures. Quelques-uns possèdent aussi une treille rachitique dont les vrilles s'agrippent à des fils de fer.

Sur le côté se trouve la cantine, qui jette tous ses résidus dans le jardin et arrose ses fleurs d'alcool et de mauvais vin.

Les trains passent, rapides, et le jardin, qui rêve d'une solitude aux sons agréables, entend les sifflets stridents des locomotives, le halètement solennel de la vapeur et le grincement des chaînes et des roues. Pauvres fleurs, pauvres acacias, si loin de l'ambiance dont rêve leur forme !

Le jardin voit passer beaucoup de regards fixes et songeurs qui le contemplent inconsciemment. Ses plantes ondulent doucement sous les puissantes rafales des locomotives.

La nuit, quelques lampes jaunâtres et perdues les éclairent lugubrement.

L'un de ces jardinets humbles et encrassés avait un rosier Thé. La plante, dans cette atmosphère de désolation, était presque un miracle d'élégance florale… mais à peine les roses délicates venaient-elles à s'épanouir en topazes merveilleuses que le charbon et la fumée les enveloppaient, les recouvrant de masques noirs.

De toute façon, on n'en pouvait douter, il s'agissait d'un rosier Thé… Un jour, hélas ! comme je m'arrêtais de nouveau dans la gare, je trouvai le rosier transformé. D'horribles taches noires maculaient ses fleurs délicates et parfumées… C'était la femme de la cantine qui, après avoir préparé son café, avait jeté le marc sur le rosier…

Une fillette me demanda, surprise :

« Mais quelles sont donc ces fleurs ?

— Des roses, mon enfant, des roses !… » lui répondis-je tristement.

Puis le train se remit en marche.

Thèmes

I

Très souvent, tandis que nous cheminons sur ces terres aux légendes lointaines, nous remarquons des recoins solitaires où notre âme aimerait se reposer éternellement... Leur charme vient de ce que nous passons rapidement devant leurs formes, sans nous rendre jamais compte de leurs mystères. Il y a des états d'âme si étranges ! Nous trouvons-nous dans un lieu agréable, qu'aussitôt nous désirons y demeurer toute notre vie, nous récréant de sa beauté... mais bientôt nous repartons, sans que nous puissions nous-mêmes expliquer pourquoi... Lorsque nous voyageons, une série interminable de tableaux naturels, de types, de couleurs, de sons défilent devant nous, et notre esprit voudrait tout embrasser, tout conserver gravé et pour toujours, mais nous sommes infiniment petits et, sans le vouloir, nous oublions. Avant de contempler une merveille nous possédions déjà sur elle des renseignements, et nous avions créé sa forme en la rêvant, en la rêvant au point de la rendre impossible… Ce qui explique que nous soyons presque toujours déçus quand nous contemplons un monument dont nous avions entendu parler. Nous traversons les villes et les campagnes sans presque nous y arrêter et nos yeux, éternellement ouverts, prétendent tout retenir, tout ressentir, mais le sommeil nous gagne, et la fatigue, et l'écœurement.

Puis, lorsque nous nous sommes reposés, toutes les impressions réapparaissent, les unes splendides, les autres vagues et confuses, comme si les souvenirs avaient déjà pris des teintes de crépuscule expirant et recouvert d'une brume bleutée les choses que nous vîmes… Jusqu'au moment où certaines impressions effacent toutes les autres, formant une mêlée confuse d'où se détache ce qui fit battre notre cœur… un visage de femme… une tour inondée de soleil… la mer…

II

RUINES

À Fernando Vilchez,
artiste, toute bonté et sympathie.

Le voyageur s'arrête, ému, devant les ruines.

Il contemple les vieux ensembles démantelés et se sent écrasé de lassitude. Sur les arcs brisés, sur les portes qui donnent accès à des enceintes tapissées d'orties et jonchées de chapiteaux, sur les hautes murailles solitaires, l'essence de mille couleurs tristes s'est répandue parmi les manteaux royaux des lierres.

L'ensemble décoratif des ruines est magnifique… La lumière entre par les toits effondrés, et ne trouve place où se refléter… mais dans les renfoncements d'une galerie qui s'ouvre sur les campagnes, ou dans un cloître, elle pénètre et déverse ses modulations sombres.

Le contraste des couleurs vertes et dorées, sous la douce caresse de la lumière, forme une admirable gamme de lente mort et d'amertume.

Les échos sont aussi l'enchantement des ruines.

Les échos égarés dans les campagnes sont allés se nicher dans les décombres des coins de rue et dans les caves pleines de plantes sauvages.

Dans les ruines des plaines il y a des échos jusque dans les recoins les plus secrets. Dans l'immense solitude des campagnes, ces petits génies ne trouvent nul endroit où se reposer, et quand le vieil édifice s'écroule, ils pénètrent dans ses pièces mortes pour se moquer de chaque son, répéter les rires, les cris éplorés, multiplier les pas, et brouiller les conversations en un vertige de mots.

Les ruines s'enfoncent lentement dans la terre et quand elles sont complètement recouvertes, les personnages invisibles qui les habitèrent les abandonnent, et les échos viennent de nouveau danser sur les plaines pour s'endormir et attendre le prochain réveil. Le décor disparaît, et la légende s'achève. Les oiseaux s'envolent vers quelque lieu plus agréable, les reptiles fuient vers quelque tanière plus secrète, et tandis que les ruines s'enfouissent sous la terre, c'en est fini de la tragédie historique. . . . .

Plutôt que le prestige romantique, ornemental et artistique, les ruines ont le prestige de la peur.

Les moines ont fui, ou les seigneurs, mais une nuit, un paysan traînard, qui rentre tard au village, aperçoit parmi les broussailles une grande forme blanche, avec deux yeux verdâtres qui le regardent lentement, puis il entend d'interminables cris de torture dans les souterrains du château et un raclement de chaînes dans les nefs solitaires... Le paysan fuit, raconte ce qu'il a vu et tout le village est en émoi... Il y a des fantômes dans les ruines !... Dès lors, personne ne va plus les visiter, et elles se parent d'un sombre éclat... Un soir de tempête, une vieille du village, après avoir ordonné aux enfants d'aller se coucher, raconte à ses voisins, autour de l'âtre, une lointaine histoire que lui apprit sa bisaïeule. Une histoire d'amour et de démons à une époque où les ruines étaient encore habitées... Ce fantôme blanc qui était apparu devait être cette femme qui était entrée au couvent après avoir tué son mari... et tout le monde fait un signe de croix... Puis, une autre nuit, un autre habitant voit sous la tiède clarté lunaire le fantôme qui rame sur la rivière... et alors surgit une nouvelle tempête...

Toutes les ruines ont leur tragique histoire. Les unes que l'on connaît encore, les autres qui sont maintenant oubliées.

Les ruines font songer à de peureuses ballades d'âmes en peine.

La littérature romantique tout entière a placé ses figures fantastiques dans les ruines... parce que l'âme des ruines, c'est cela : un fantôme blanc, très grand, très grand, qui pleure chaque nuit en faisant s'ébouler les pierres, et qui se cache parmi les lierres, au doux son de l'eau qui glisse dans les rigoles.

III

FRESDELVAL

Le paysage est calme, reposant. Des monts plantés de chênes. Une atmosphère rouge et grise. Les routes grimpent, comme des serpents verts, le long des montagnes lointaines. La solitude, immense.

Appuyé à un versant de la montagne, et parmi des ormes aux sombres feuillages, s'élève le monastère en ruine. Il est entouré de douces pentes aux herbes jaunies, et de promontoires qui ressemblent à de vagues collines, d'où l'on découvre la splendeur bronzée du panorama.

Les premiers monts sont rouges et escarpés ; l'horizon est formé de taches de peupleraies parmi les brumes opaques... À travers les ormes paisibles se montrent les fenêtres closes du vieux couvent. Le couvent a une splendeur religieuse légendaire. Il descend aristocratiquement de rois et de princes. L'une des figures principales de sa légende est un captif maure converti au christianisme... Mais ces lieux ont perdu toute l'atmosphère des légendes. Il y a des arcs d'une grande élégance qui tiennent encore debout et qui supportent les chevelures vertes des lierres. Il y a des médaillons sans tête. Il y a des rosaces gothiques qui laissent filtrer une lumière très agréable. L'herbe et les fleurs sauvages couvrent les ruines… Dans le cloître gothique s'étale une grande humidité verte et grise… Il y a un coin d'allure très castillane qui pourrait servir de fond à un portrait de militaire au regard meurtri… C'est un cloître Renaissance d'une grande simplicité. Des colonnes robustes, des arcs larges et bas, et un grand avant-toit. Le fond est noir, le sol couvert d'herbes, avec, au premier plan, une charrette abandonnée et des râteliers de bois vermoulu, et plus loin, une porte disjointe avec une cloche, du lierre, des sureaux… Tout près, une colonne brisée se mire dans un bassin… Tout est paisible dans le soir. Il y a dans le paysage une pureté profonde.

IV

UN VILLAGE

Dans le silence de l'après-midi, comme je traverse le village castillan, le soleil pare de notes dorées le clocher languide de l'église et les humbles maisonnettes. Près du portail, quelques vieillards sont assis. Ils sont pareils à des statues de pierre qui assisteraient à une cérémonie d'une grande religiosité. Parfois l'un d'eux bouge une main. Les portes sont fermées... Quelques ruches pointent parmi les fleurs... Une femme lasse donne à manger à un porcelet. Pardessus les murs des cours se dressent de longues perches abandonnées. Ce sont des timons au repos. À la sortie du village, quelques taureaux s'abreuvent à une mare presque croupie... À l'horizon s'avancent les brumes rouges du crépuscule.

V

UNE VILLE QUI PASSE

Ciel bleu. Tranquillité solaire. Sur les gencives des murailles passent des brebis très blanches qui laissent après elles des nuages d'argent sublimé. La ville fait entendre ses trompettes suavement métalliques et d'une douceur infinie.

Fer... Éclats de solennité. Dominant la fumée des maisons de la ville, on voit se dessiner des églises seigneuriales pareilles à des joyaux romantiques, sévères, distinguées, un peu basses, avec leurs cloches immobiles, leurs girouettes en forme de croix, de cœurs, de serpents et leurs tons d'ors perdus parmi des verts moisis... Il y a des opales jaunes sur les griffes monstrueuses des montagnes. Il y a de frémissantes luminosités sur la ville médiévale... Un repos musical imprègne chaque chose... Le matin est clair.

VI

UN PALAIS DE LA RENAISSANCE

Une place vaste et déserte et de vieux arbres corpulents. Contre une façade blanche, une vasque rongée, brisée, dont les conduits n'ont pas senti depuis des lustres la caresse de l'eau… Le sol est couvert d'herbes. Dans l'un des angles, il y a une niche vide… Au fond de la place s'élève le palais.

C'est une impression étrange que de rencontrer cet édifice d'une incontestable splendeur aristocratique voisinant avec les pauvres maisonnettes de ce recoin d'oubli… Le palais est doré avec grâce… Il possède de larges balcons seigneuriaux, avec des serpents qui s'enroulent autour des colonnes, des méduses effrayées et des tritons fantastiques.

Sur les frises, il y a de folles bacchanales pleines de grâce et de mouvement, mais qui finissent par se fondre à la pierre au fur et à mesure que le temps passe.

Dans ces cavalcades, les hommes athlétiques s'avancent nus, serrant des guirlandes de roses qui couvrent leurs sexes, et les femmes tiennent leurs bouches luxurieusement ouvertes, cependant que leurs bras sont des serpents qui se tordent pour se métamorphoser en feuilles d'acanthe et en pluies de petites boules. Ces cortèges sont coupés par des monstres marins à cornes d'arbres et à mains de fleurs, qui, ouvrant leurs gueules, font s'enfuir tous les autres personnages. Quelques-uns s'envolent avec un air stupide, d'autres se reposent gravement, les mains sur la poitrine. Un large avant-toit, très habilement sculpté, coiffe cette décorative forêt de fleurs et de figures, soutenu par de grands supports sur lesquels on voit des personnages immenses et disproportionnés, des dogues énormes, des visages austères, entourés d'une infinité de figurines, de marguerites, de pointes de diamant, et de petites têtes de chevreau... Couronnant le palais, il y a une girouette en forme de cœur, au côté de laquelle s'élève un cyprès.

VII

PROCESSION

Et sur l'autel des saints martyrs, où reposent ceux qui ne furent que sang et flammes pour l'amour du Christ, et sur la châsse d'argent teintée d'azur par les vitraux mystiques, le prêtre à la chasuble écarlate et lumineuse a découvert l'antique calice et communié dans une révérence... L'orgue a pleuré ses notes mélancoliques sur une musique de Gounod. L'encens faisait des grimaces câlines et une cloche lente passait dans l'air au milieu d'un sourd raclement de pieds... Le dais, symbole de solennité, et la croix d'or rehaussée d'énormes émeraudes se balançaient lentement au-dessus de cette tragédie en vers latins, tandis que l'orgue récitait son poème passionné et haletant... La procession a quitté l'enceinte sacrée, la lumière a poussé un soupir immense et les prêtres, dont les mains blanches soutenaient d'énormes cierges, se sont avancés au son d'une mélodie surgie du fond des âges... Les sous-chantres criaient d'une voix profonde et sentencieuse, les enfants de chœur lançaient jusqu'aux pleins cintres leurs notes aiguës, les suisses frappaient le sol avec leurs cannes, et les doux encensoirs, se balançant dans l'air, entrechoquaient leurs chaînes... Tout cela enveloppé dans une vapeur d'encens grise et indécise et dans une froide haleine d'humidité... Puis la procession s'est engagée entre de grandes grilles de bronze qui se sont ornées des topazes des cierges, et ouvrant une porte aux sculptures ingénues, est apparue dans le cloître morne et pâle... Sur les murs, il y avait des statues byzantines aux yeux de jais, des tablettes poussiéreuses qui portaient comme inscription une bulle ou quelque prière très ancienne, des tombeaux froids avec des chevaliers en armes taillés dans le marbre et des dames rigides avec des lions à leurs pieds... La procession est entrée dans le cloître au cri mélodieux et funèbre du basson et sous le sortilège rythmique du chant grégorien...

En passant devant les tombeaux, la procession s'arrête tandis que de graves répons s'élèvent, qui retentissent sous les voûtes comme un écho d'effroi... Maintenant on prie devant un évêque. Tout le monde entonne une chanson funèbre, puis se tait... C'est le moment où l'officiant, qui ferme la marche, chante d'une voix lointaine un verset atroce... L'encens donne une clarté laiteuse et vague; la procession s'ébranle de nouveau en priant à voix basse, et au milieu d'un bruit de pieds qu'on traîne, on entend l'âme de la cathédrale qui gémit affolée... L'autel solitaire, entouré de cierges immenses et de garnitures en argent repoussé, attend de l'officiant qu'il fasse voir ses charmes spirituels... Une vierge assise sur un trône attend elle aussi la prière du ministre du Christ, et l'hostie reste dans le néant jusqu'à ce que soit prononcée la supplication... Les massiers, en perruque blonde et tunique de damas, se groupent sur l'autel, les prêtres suivent en files, très richement vêtus, puis apparaît l'évêque qui porte les reliques... En arrivant à l'autel les musiques se taisent, et l'homme à l'améthyste marmotte quelque chose d'incompréhensible. Quelques cloches sonnent, les gens s'agenouillent, et dans le gris soyeux de l'encens s'élève une urne de cuivre et de cristal qui contient un tibia noirâtre et desséché. L'horloge de la ville sonne midi et les monstres du chœur continuent de sourire, en une expression éternelle.

VIII

AUBE CASTILLANE

Les brumes de la nuit ne sont pas encore dissipées. À l'horizon s'ouvre une coulée de lumière blanche qui couvre d'une clarté blafarde la vaste étendue grise. Dans les *acéquias*, changées en miroirs turquoise, se mirent les peupliers froids et tranquilles.

Une paix harmonieuse règne dans tout le paysage. Les sierras lointaines montrent leur velours violet ou noir, les terres se cachent parmi des nappes de brouillard, et des cieux sans couleur tombent de fines gouttes de rosée. . . . .

L'abîme de l'aurore prend une teinte rouge et rose... Un village laisse voir son clocher qui se détache sur un fond rose. Le vent commence à danser sur la plaine... Un train siffle dans le lointain, et dans une longue jachère une charrue surgit, clouée à la terre et abandonnée.

IX

MONASTÈRE

Hors de la ville s'élève le couvent. Une petite cour morose lui sert d'entrée. Une petite cour comme toutes les autres, pleine de roses trémières, de jasmins blancs qui pour ne pas pécher n'ont pas de parfum, de lierres aristocratiques. Un lieu de méditation, de monacale mélancolie. Une cloche sonne, à la fois grave et criarde, pour annoncer le visiteur.

De là on passe au parloir, humble comme la chambre d'une jeune villageoise, avec ses saints de terre cuite, ses chromos noircis où l'on voit des vierges que leurs couleurs ternies rendent vaguement moustachues, et qui sont rongés par les mites. Les religieuses examinent le voyageur avec une grande curiosité, le questionnent, le conseillent, lui montrent toutes les reliques qu'elles conservent, et elles rient, elles rient interminablement...

Elles offrent des poignées de cheveux d'anges, et évoquent une scène de leur vie au couvent...

Chaque samedi soir, elles se réunissent autour de l'unique quinquet qu'elles possèdent, et, assises à terre sur des tapis de liège, elles filent leurs vêtements sur des quenouilles de légende. L'une raconte une histoire et les autres l'écoutent saintement… Cependant que la peur et la légende traversent les cloîtres et les cours, éveillant les échos et excitant le vent afin qu'il joue de son basson en *fa* profond.

X

CAMPAGNES

Il est quatre heures et le soleil brille avec violence et passion. Cet après-midi de juillet est plein de force et de blés mûrs... Sur les blés, d'un jaune rougeâtre, on voit courir la brise agréablement... Parfois, une faux brille... Sur les coteaux verts il y a des coquelicots, et des brebis parmi les ormes des collines. On voit aussi quelques champs d'avoine à l'éclat d'argent. Dans le ciel, le croissant de la lune s'avance, presque invisible encore... La silhouette d'un vieux berger se découpe sur un sommet, et le soleil donne à cette religieuse atmosphère des tons d'ors transparents et emplit de mysticisme les lointains bleutés... Quelques bœufs aux doux yeux mi-clos cheminent majestueusement au rythme languide d'une charrette. L'air est saturé d'odeurs de blé et de soleil. Toute la splendeur de l'après-midi repose dans les confins chatoyants. Quelquefois on découvre au loin un donjon de pierre que les hirondelles, qui piaillent sans arrêt, entourent de leur vol, et des villages sans couleur qui surgissent soudain parmi les collines, comme dans un conte de fées.

XI

MIDI D'AOÛT

Dans la campagne immense on n'entend rien d'autre que la cigale qui meurt ivre de lumière et de chant.

Il est midi. On voit danser dans l'air de fines étoiles de chaleur. Derrière l'immense coulée de feu qui couvre les campagnes, on distingue les frondaisons vert sombre des peupleraies. La campagne est déserte. Les laboureurs dorment dans leurs maisons. Les rigoles chuchotent entre elles, mystérieusement. Dans les champs de blé, les épis que berce la brise se frottent les uns aux autres avec un bruit d'argent. Un champ de coquelicots assoiffés se fane. La grande symphonie de la lumière empêche d'ouvrir les yeux.

Dans le silence et la paix de la campagne, une cloche sonne l'heure du repos, chargée de volupté… C'est une interrogation de la chair. . .
. . . .

*

Les femmes du village se baignent dans la rivière. Elles piaillent de plaisir sous la fraîcheur de l'eau qui lèche leurs ventres et leurs seins. Les garçons se cachent, tels des faunes, parmi les buissons pour les surprendre nues. La nature montre des désirs d'accouplement gigantesque. Les abeilles bourdonnent avec monotonie. Les garçons se vautrent parmi les fleurs et les sureaux à la vue d'une fille nue qui sort de l'eau, les seins pointés, et qui tord ses cheveux tandis que les autres lui éclaboussent malicieusement le ventre avec de l'eau. . . . .

La caille chante dans les blés. . . . .

Le travail commence sur les aires. Le vent s'est levé. Les fourches lancent la paille à une grande hauteur. Le grain d'or roule sur le sol, le vent transporte la paille qui retombe ensuite, tapissant chaque chose. Les mulets courent à toute vitesse sur l'aire. Le paysage est imprécis, suffocant, et les montagnes, à l'horizon, s'effacent sous de longues houles blanches. Des enfants nus à chair de bronze se baignent dans l'*acéquia*, et une fois hors de l'eau, se roulent avec plaisir dans la poussière chaude de la route. Les chariots dodelinent sous leur charge d'épis… Partout règne une odeur de moisson sèche.

XII

UNE VISITE ROMANTIQUE

Santa Maria de Las Huelgas

Et la féerie éburnéenne s'est ouverte, et tout ce qui pouvait charmer le cœur était présent ; c'était une atmosphère de conte oriental...

Les religieuses apparaissaient vêtues de blanc sous leurs voiles noirs, montrant leurs petits visages roses et placides entourés d'une très élégante cornette. Leur servant de toile de fond, il y avait une galerie, et dans cette galerie un christ tourmenté... Toute une aristocratie médiévale demeure recluse dans ces vieux cloîtres seigneuriaux... Ici, tout sent le linge blanc immaculé et une suave humidité.

La cour, solitaire et herbue, avec ses fenêtres mi-closes, laisse paraître, en cet après-midi de juillet, une tranquillité chantante et ensoleillée. Sous les sculptures gothiques douces et bleutées du cloître sont enterrées les sœurs... Dans la salle capitulaire, qui rappelle celle de Poblet, sont accrochés les portraits des anciennes abbesses, personnages élégants et aristocratiques dont les mains admirablement blanches et distinguées soutiennent des bourdons, qui ressemblent à d'immenses fleurs d'argent… Dans les profondeurs du cloître passent des religieuses pressées, qui tirent après elles leurs longues traînes. Parfois, dans les galeries, brillent des broderies orientales.

La visite a commencé, et tandis que la musique monacale répandait son charme ensorceleur, j'ai vu surgir une époque confuse de notre histoire, une époque de légendes et d'exploits merveilleux et inconnus, dont ces femmes conservent le souvenir avec beaucoup de foi et d'amour fidèle… J'avais devant moi Alphonse VIII et saint Ferdinand, doña Berenguela et Sanche le Désiré… et des princesses, et des enfants, et des chevaliers, qui tous reposent dans de modestes tombeaux scellés aux murs… Et j'ai vu renaître des légendes d'infantes qui devinrent religieuses et qui moururent en odeur de sainteté… Et aussi la bataille de Las Navas et la croix que portait l'archevêque don Rodrigue… Puis nous sommes arrivés devant le chœur, qui est véritablement l'âme de l'édifice…

Il est vaste et sentimental… Tout au fond, un calvaire plein d'effroi couvre les ombres de sa piété… Une piété que vient seule troubler la lumière que versent sur les voûtes lointaines les croisées grandes ouvertes... Sur les murs, des tapis roses et bleu ciel rappellent l'histoire des empereurs romains.

Tout ce que disent les religieuses des morts qu'elles ont ici est prononcé avec un tendre accent de reconnaissance. Il semble qu'Alphonse VIII, le vainqueur de Las Navas de Tolosa, soit un saint pour elles... Elles montrent avec tristesse le tombeau vide d'Alphonse le Savant, et s'émerveillent ingénument devant la tombe de l'infante Berenguela qui, un jour fatal pour le couvent, fut retrouvée assise sur l'un des escaliers du chœur... L'abbesse mélancolique retraçait, avec une affectueuse autorité, les miracles accomplis par la momie de l'infante médiévale... Nous avons traversé la cour romane, d'une couleur vieil or, avec sa fontaine couverte de fleurs naïves et d'arabesques solaires. Puis nous sommes revenus au chœur, où nous avons vu des vierges délicieuses en leur candeur quasi monacale. . . . .

Là, une religieuse a ouvert sa traîne pour ressembler à un énorme paon comme la « Pomme d'Anis » de Francis Jammes, et tandis que les cloches appelaient à la prière, j'ai quitté le couvent... Quelques vaches passèrent dans un bruit de sonnailles... L'eau des rigoles ne bougeait plus, et les champs de blé répandaient une odeur apaisante... Dans le soir, le cœur s'ouvrait au calme divin.

XIII

AUTRE COUVENT

J'éprouve toujours à l'approche des couvents une grande illusion religieuse et une tristesse irrésistible… Dans ces villes perdues, les couvents représentent la note suprême de l'oubli. Et certainement que le problème qui se pose dans ces immenses bâtisses n'est autre que celui-ci : oublier…

C'est une illusion constante chez l'homme que de vouloir chercher un élément spirituel ou riche en beautés qui déchargerait l'âme de sa douleur la plus aiguë… et nous courons sans cesse, hantés par le désir du bonheur impossible… sans jamais l'obtenir, hélas ! puisque si la forme varie, l'essence, elle, reste immuable.

Les religieuses, en leur faiblesse infantile, se sont enfermées au couvent, murant devant elles le chemin de l'oubli… Ce qu'elles veulent oublier, elles le changent en don de leur âme.

On devine dans toute l'église un grand échec sentimental… Le cœur règne sur toutes les choses.

L'image de lèvres lointaines pareilles à des sources cristallines jaillit souvent dans l'imagination chaste des religieuses... Tandis que j'entre dans l'église, celles-ci, qui priaient tranquillement, s'enfuient vers le chœur, pour m'observer. Quelle tristesse ! Les cornettes ressemblent à de blancs halos, et l'on dirait que le chœur, très bas, voudrait s'enfoncer encore... Quelqu'un tousse... Sur les murs, il y a de grands tableaux dont on ne peut dire qui en est l'auteur, avec des vierges brunes, très belles, à la Rubens, et des fonds chauds de nuages orangés... Sur les autels, il y a des fleurs monacales d'une couleur rageuse, et dans toute l'atmosphère flotte un parfum sensuel et religieux de seringas...

Puis, traversant des corridors où l'on voit un chemin de croix et des urnes reluisantes, on arrive au parloir... Les sœurs qui nous y accueillent sont comme des têtes sans corps qui parlent chastement avec des voix au parfum intense et dilué...

La grille du parloir montre ses griffes terribles comme si elle désirait nous sauter aux yeux... Les sœurs s'appellent entre elles... La *madre Amor*... la *madre Corazón*. . . . .

Sur un secrétaire, on aperçoit un pot d'œillets rouges... un peu plus loin, un serin dans une cage.

XIV

CRÉPUSCULE

La lumière laisse s'ouvrir chaque chose à l'admirable couleur du moment… La campagne qui, jusqu'à cet instant avait supporté la violence sans égale de cet après-midi de juin, laisse reposer ses teintes délicates et les découvre avec lenteur et harmonie. Les montagnes, aux flancs maintenant bleus, demeurent d'un blanc laiteux sur leurs cimes rocheuses… La lumière multiplie ses éclats de pierre précieuse, pour finalement atteindre une fantastique expression rose et rouge feu qui, insensiblement, se change en poudre jaune aux doux reflets topaze. Le vert n'a point sa place ici, si ce n'est sur les peupliers et sur les lèvres des *acéquias*… Le soleil, majestueux et bon, profilé sur le bleu du ciel, s'enfonce confusément dans l'ombilic resplendissant du ventre monstrueux de la sierra.

Des frissons de solennité traversent l'air, puis une tendre clarté envahit tout le paysage… Sur les coteaux, des glaneuses s'avancent parmi des chants joyeux... Dans un ermitage, de vieilles cloches sonnent l'angélus d'une voix cassée... Les étoiles commencent à scintiller. Un train passe, en un crescendo acéré, entre les lourdes masses des chênaies... Des chiens aboient, et l'on entend, dans le lointain, cahoter les roues des charrettes... . . . . La nuit tombe. . . . .

XV

SOIR DE DIMANCHE DANS UN GRAND VILLAGE

Durant les premières heures de l'après-midi, tout ne fut d'abord que silence et tranquillité, paix ineffable… on n'entendait rien d'autre que les oiseaux qui piaillaient dans les acacias ou le cahotement d'une voiture qui passait dans la rue déserte… Puis, au moment où le soleil cherchait à s'enfoncer à la limite du paysage, les portes s'ouvrirent, et l'on vit paraître des jeunes filles avec des fleurs dans les cheveux et poudrées avec grâce…

D'une ruelle surgirent des enfants aux vêtements flambant neuf qui par crainte de se salir n'osaient même plus remuer les bras, tandis qu'au milieu de la rue les petites filles allaient et venaient, bras dessus, bras dessous, leur mouchoir à la main… Une grande animation régnait sur la promenade du village. Sous les hauts peupliers s'accumulait la poussière que soulevaient les promeneurs… Les filles très brunes, colorées et fraîches, se pavanaient, fières de leurs corsages de soie criards, de leurs chaînes en or d'imitation, de leurs poitrines énormes et ballottantes. Les garçons les suivaient avec des regards provocants, les yeux mi-clos et le sombrero rabattu sur le visage.

Les filles étaient fortes et joliettes, avec des lèvres fraîches et sensuelles et de splendides cheveux noirs... Les jets de la fontaine faisaient bouillonner l'eau des vasques, immobile et paisible. Dans le ciel se montraient déjà les divines blancheurs du crépuscule et les nuages prenaient de suaves tons roses, transparents... À l'écart d'une allée, parmi des rosiers blancs et des touffes de belles-de-jour, des amoureux se parlaient tête contre tête avec un visible désir de s'embrasser, envieusement lorgnés par quelques gamines... La soirée, chargée de luxures célestes, méritait bien un baiser passionné de ces amoureux !... Sur un banc gris, poli comme un miroir, une vieille, crasseuse et décharnée, amusait un bébé blond qui tendait avidement les mains pour attraper une rose sereine qui tremblait parmi les branches... Plus loin, un groupe de fillettes enlacées se mit à chanter d'une voix fausse une vieille complainte guerrière et sentimentale... Un grand tourbillon de conversations flottait dans l'air et l'emplissait de son bourdonnement... C'est à ce moment que dans un vieux kiosque aux boiseries vermoulues retentirent les premiers accents de la fanfare... Les musiciens étaient comiques et originaux : l'un d'eux n'avait pas d'uniforme, et ceux des autres étaient dans un piteux état… Une habanera extraite de quelque zarzuela espagnole vibra dans l'atmosphère… Elle était vieillotte, mélancolique, sentimentale, détestable… Il passe dans notre âme beaucoup de ces mélodies qui blessent notre sensibilité par leurs contrastes… Le saxhorn et les basses prenaient un rythme languide et presque oriental… Parfois, il y avait dans le son de ces instruments de graves ratés, dus au manque de souffle ou de technique… La clarinette faisait entendre d'une manière épouvantable ses éclats de rire expressifs en remontant des notes extravagantes et difficiles… Les pauvres musiciens peinaient réellement ! L'un d'eux suait, exténué… Seul le tambour, sérieux et grave, frappait de temps en temps un coup sec sur son instrument… puis regardait le public avec une évidente satisfaction… Le chef, un homme mûr, bedonnant, les moustaches raides, dirigeait avec beaucoup d'expression ; il agitait les bras au rythme de la habanera, se tournait impérativement vers le timbalier quand celui-ci devait donner quelque coup à effet, fronçait ses sourcils épais, et roulait des yeux blancs quand la mélodie modulait sur un ton mineur pour reprendre le thème… Près du maestro se tenait le flûtiste, un petit homme rondelet, au regard vif et pénétrant, qui soufflait avec entrain en écarquillant les yeux… Il exécuta seul quelques mesures longues et traînantes qui firent rouler de reconnaissance les yeux du maestro et que le public écouta religieusement… Un vieillard sale et haillonneux qui se trouvait auprès de moi s'écria en me regardant : « Celui-là, c'est le meilleur de tous… Il a hérité cela de sa famille… Il a la musique dans le sang. Vous l'entendez ?… » Je regardai le pauvre musicien. C'était un sujet de grande réjouissance que de voir cette boule de chair aux yeux de souris qui s'agitait avec plaisir, mais il était plus étonnant encore de voir la flûte entre ses mains. Cet instrument galant et distingué, ce tube aristocratique et littéraire, frère de la lyre et de la syringe, dont le siècle de la dentelle et du clavecin confirma le prestige, était tenu par de grosses mains de pierre, velues et ridées, qui blessaient lourdement les registres.

. . . .

La habanera n'en finissait pas… Les filles la reprenaient en des couplets où brillaient le soleil, les lis, les palmiers d'or… Les garçons la sifflaient avec force. . . . .

Assis sur une chaise et les mains dans les poches, un godelureau qui détonnait parmi l'ensemble contemplait les gens avec un air à la fois imbécile et supérieur… Quelques filles riaient de le voir ainsi, avec ses cheveux lissés et cette ceinture qui lui serrait la taille… Le soir tombait lentement, la fanfare fit une pause, tandis que la promenade se vidait peu à peu... La cloche de l'église commença de sonner le salut... La fanfare joua encore quelques airs, et les derniers promeneurs se retirèrent dans leurs maisons... Sous la lumière crépusculaire, les girouettes paraissaient rouges; tout le reste se perdait dans l'ombre... Les premiers travailleurs qui rentraient au village s'avancèrent, las et déguenillés, le pas lent, houe sur l'épaule et tête basse... Puis arrivèrent, dans un bruit de grelots, les troupeaux paisibles qui laissaient derrière eux de longs sillages de poussière... et aussi les monades de mules folâtres qui faisaient s'enfuir les fillettes effrayées, et les gentils poulains laineux qui hennissaient à la pensée de la douce chaleur de leur étable... L'air s'emplit de sonnailles, de clochettes, de bêlements, de hennissements... Enfin, on vit surgir les porcs, qui grognaient férocement et couraient vers leurs demeures escortés de leurs maîtresses, qui avec un petit quart plein de fèves ou de maïs les attiraient vers les auges... De nouveau le village resta silencieux... Sur la promenade solitaire s'avança le curé qui se rendait aux prières du soir. Un enfant passa en sifflant, une burette à la main.

Sur les murs très blancs où se reflétait le crépuscule mort, se profilaient les silhouettes noires et tordues de deux vieilles qui s'en allaient dévotement au salut, et qui finirent par s'engouffrer dans la gueule profonde du porche de l'église… Chaque foyer préparait le dîner… Dans une rue qui donnait sur les campagnes, deux énormes vaches, rousses et sympathiques, dont les mamelles traînaient jusqu'à terre, précédaient deux garçons qui les excitaient de leurs baguettes… Puis on entendit une guitare et, dans la maison d'un *riche*, un vieux piano qui jouait Czerny avec un rythme monotone.

XVI

ÉGLISE ABANDONNÉE

Dans les faubourgs de la ville morte s'élève l'église qui depuis longtemps n'a pas reçu les douces caresses de l'orgue et de l'encens… Elle est en ruine et tout culte y est impossible… Les fêtes solennelles où l'on voyait le dais se balancer parmi des nuages de parfums, et où les riches chasubles brillaient parmi les ombres, ont quitté l'église. Aujourd'hui, il n'y a plus ici que quelques saints malheureux et infortunés qu'on a abandonnés comme inutilisables… Sur le retable du maître-autel seule demeure une sculpture représentant saint Marc tenant un taureau sans cornes… L'église est froide et effrayante avec ses saints aux faces sarcastiques, sales et ternis… Ils sont terribles, ces temples remplis de statues tristes et inexpressives, enfoncées dans les murs, avec leurs chairs violettes et pourries et leurs bouches aux grimaces d'infériorité. . . . .

L'unique beauté de cette église est un médaillon oublié où une vierge grecque bénit le pèlerin de sa main brisée, tout en montrant l'Enfant Jésus qui la regarde avec amour.

Le médaillon est beau… L'albâtre a des tons d'ors perdus… Entourant l'édifice, il y a, parmi les hautes herbes, des figuiers, des mauves sylvestres et de vieux églantiers… Sur le seuil d'une porte se tiennent deux matrones aux yeux chassieux et à l'air mystérieux de sibylles : ce sont les gardiennes de l'église.

XVII

PAUSE

Sous l'arbre du romantisme, la fleur précieuse de notre cœur s'ouvrira à l'infinie tranquillité après la mort... Le silence ne peut jamais nous donner les clefs du sentier immense... Dans la tonalité défaillante d'un orchestre expirant peut-être notre cœur apprendra-t-il à souffrir avec élégance son calvaire inconnu.

Le silence possède sa musique, mais le son possède l'essence de la musique du silence... L'effrayant problème, le cœur doit le résoudre... Devant la vision splendide des campagnes désertes et sonores l'âme pressent un peu de sa solitude. Dans le chemin rouge de l'imagination passent des femmes aux chevelures en désordre. Elles nous sourient, se disent nos amies, et nous en abreuvons nos âmes et nous sourions avec cette inquiétante sérénité que donne le rêve.

Elles seront nôtres, mais ensuite nous deviendrons pierres, et fleurs, et notre propre pensée... Ah ! notre propre pensée... L'âme tout entière veut s'allonger sur les campagnes et se poser sur les pinèdes lointaines parmi le velours noir de leurs musiques... Au loin, passe un troupeau à la sonnaille lasse et un vieillard aux yeux caves. Dans le ciel, il y a des nuages pareils à d'immenses blocs de marbres étranges... et l'imagination folle nous ouvre le chemin d'aimables douleurs. . . . .

. . . .

La lune se lève, majestueuse, parmi les monts. Salut, compagne du voyageur amoureux et sensuel ! Salut, vieille amie, consolatrice de l'homme triste. Vrai secours du poète. Refuge des passions. Rose perverse et chaste. Arche de sensualité et de mysticisme. Artiste infinie du ton mineur. Salut, paisible phare d'amour et de sanglots ! Ah, les campagnes ! Comme elles renaissent dans un autre monde sous la lune...

Il n'est de silence que dans la pensée douloureuse ou dans la mort... Le terrible chemin s'ouvre devant nous... et force nous est d'y passer...

XVIII

UN HOSPICE EN GALICE

C'est l'automne en Galice, et la pluie tombe, lente et muette, sur la terre d'un vert tendre. Parfois, parmi les nuages errants et somnolents, on aperçoit les montagnes couvertes de pinèdes. La ville est silencieuse. Devant une église, d'un noir verdâtre, où les sisymbres cherchent à accrocher leurs fleurons, s'élève l'hospice humble et pauvre... Son grand portail humide donne l'impression d'abandon... Sitôt entré, c'est une odeur de fade gargote, de dénuement extrême que l'on respire. La cour est romane... Au centre de la cour, jouent les pensionnaires de l'asile, des enfants rachitiques et maladifs, aux regards flous, aux cheveux raides. Beaucoup sont blonds, mais le teint de la maladie a donné à leur visage d'étranges colorations... Pâles, avec leurs poitrines plates, leurs lèvres flétries, leurs mains osseuses, ils se promènent ou s'ébattent sous l'éternelle bruine de Galice... Quelques-uns, plus gravement malades, ne jouent pas, et assis en files, se tiennent immobiles, le regard paisible, la tête maigre et condamnée. Plus loin, un petit boiteux s'efforce de sauter à cloche-pied les pierres du sol… Les religieuses vont et viennent, pressées, au son des rosaires. Dans un coin on voit un rosier fané.

Tous les visages sont douloureusement tristes, comme s'ils pressentaient la mort prochaine… Cette énorme porte basse de l'entrée a vu passer d'interminables processions de spectres humains qui, s'avançant avec inquiétude, ont abandonné ici ces enfants… Cette porte qu'ont franchie tant de malheureux fait naître en moi une immense pitié… car il faut qu'elle sache quelle est sa mission, et qu'elle veuille mourir de chagrin, pour être aussi vermoulue, aussi sale, aussi délabrée… Peut-être un jour, ayant pitié de ces enfants affamés et de ces graves injustices sociales, s'écroulera-t-elle avec force sur quelque commission de bienfaisance municipale où abondent les bandits en habit et, les écrasant, en fera-t-elle une de ces bouillies qui font tant défaut en Espagne… Un hospice est une chose horrible avec son air inhabité, et cette enfance rachitique et douloureuse. Une chose qui bouleverse le cœur et lui communique un puissant désir d'égalité. . . . . .

Dans une galerie blanche un monsieur très bien vêtu, qui regarde à droite et à gauche avec indifférence, s'avance, accompagné de religieuses… Les enfants se découvrent respectueux et terrifiés. C'est l'inspecteur… Une cloche sonne… La porte s'ouvre avec un grincement violent, plein de courage… En se refermant, elle sonne lentement, comme si elle pleurait… La pluie ne cesse de tomber…

XIX

ROMANCE DE MENDELSSOHN

Le port est calme. Sur le miel bleuté de la mer, les barques somnolent et dodelinent. Au loin, on voit les clochers de la ville et les escarpements de la montagne... C'est l'heure du crépuscule et, dans les bateaux et les maisons, les lumières s'allument une à une... L'image du petit port se renverse sur les eaux au milieu des zigzags dorés et frémissants des reflets. Il y a une agréable et délicate couleur de lune sur la mer... Le quai reste désert et silencieux... seuls passent deux hommes, tout en bleu, qui discutent avec chaleur... D'un piano lointain, est arrivée la romance sans paroles... Romance merveilleuse, pleine du romantique esprit de 1830... Elle s'est ouverte lentement sur un *tempo rubato* délicieux pour entrer ensuite dans un chant délirant de passions. Parfois la mélodie se taisait tandis que les basses faisaient entendre des accords suaves et solennels... La musique enveloppait le port de sa fascination sonore, sentimentale. Les vagues, entre les rochers, retombaient en léchant voluptueusement les marches de l'embarcadère… Le piano jouait encore sa romance lorsque la nuit se fit. Sur les eaux vertes et grisâtres une barque passa, blanche comme un fantôme, au rythme lent des rames.

XX

RUES DE VIEILLE VILLE

Ce sont des rues sordides, avec des herbes roussies, des maisons décrépies, des gargouilles en ruine, des saints décapités qui ne sont plus que blocs informes. Il y a, sur les façades, des colonnes sculptées, des médaillons rongés, des guirlandes romaines… Dans une rue obscure on voit une vasque qui se perd parmi des fleurs de couleur pâle.

Dans une autre rue, il y a des arcades basses et délabrées, où l'on aperçoit des femmes tristes et des forges humides… Nombre de balcons s'écroulent sous leurs marguerites et leurs géraniums, qui sont des lumières aveuglantes sous le puissant soleil de l'été… Sur les façades, des coquilles… Des petits palais sans fenêtres avec des heurtoirs de cristal.

Des maisons blanches sans vitres aux balcons. Des églises magnifiquement ornementées de brandons sévères en pierre dorée, de guirlandes de têtes de morts festonnant les autels, de portails somptueux et compliqués où des hommes robustes luttent avec des taureaux ailés près de paniers de feuilles étranges parmi lesquelles surgissent des personnages aux sourcils froncés, de chapiteaux dorés qui représentent des hommes et des animaux naissant au sein des acanthes. Des parements riches où apparaissent des enfants à langues de serpent qui se donnent une main difforme, des matrones énormes et luxurieuses qui soutiennent entre leurs bras musclés des colonnes couvertes de devises latines et de dates mémorables, des bayadères aux expressions provocantes, des cimiers froids et moqueurs, des angelots montant des griffons et des cariatides, des visages mornes aux yeux clos…

En traversant des places désertes et mélancoliques on entend les rumeurs d'une école… « … Les saints pères qui attendaient le saint avènement… » ânonnent en chœur des voix d'enfants… À l'extrémité des rues les campagnes vibrent sous le soleil terrible de ce midi d'été.

XXI

LE DUERO

Le fleuve passe, vert et paisible, à Zamora. L'énorme crâne byzantin de la coupole se mire dans les eaux profondes… Lentement, les barques glissent sur les ondes.

Au loin, parmi les brunes modulations du sol, surgissent les montagnes aux couleurs éteintes… Les petites églises romanes dégringolent les ruelles jusqu'au fleuve… Celui-ci s'avance, traînant sa longue suite prestigieuse d'évocations historiques qu'il accompagne d'une mélodie suave et grave…

La vieille et romantique histoire du fleuve est terminée… Il ne subsiste rien de ce que l'eau vit, autrefois… L'histoire est tranquille… Mais le vieux Duero solennel rêve encore qu'il voit combattre, confusément, les grandes figures de son *romance.*

Tous les papiers utilisés pour les ouvrages des collections Folio sont certifiés et proviennent de forêts gérées durablement.

Composition IGS-CP à L'Isle-d'Espagnac (16)
Impression Novoprint
à Barcelone, le 21 avril 2022
Dépôt légal : avril 2022

ISBN 978-2-07-298109-8 / Imprimé en Espagne

434590